AF509304

LE TRIOMPHE
DE
L'HARMONIE,
BALLET HEROIQUE,

REPRÉSENTÉ POUR LA PREMIERE FOIS,

PAR L'ACADEMIE ROYALE

DE MUSIQUE;

Le Jeudy neuviéme May 1737.

DE L'IMPRIMERIE
De JEAN-BAPTISTE-CHRISTOPHE BALLARD,
Seul Imprimeur du Roy, & de l'Academie Royale de Musique.

M. DCC XXXVII.

AVEC PRIVILEGE DU ROY.

LE PRIX EST DE XXX. SOLS.

PRÉFACE.

PEu de ſujets ont échapé à l'imagination & aux recher-
ches des Autheurs Liriques. Les Nations & leurs
différents caracteres, les Fêtes de tous les pays, les intri-
gues comiques, les paſſions des Dieux & des Heros, les
triomphes de l'Amour, ſes déguiſemens, ſes ſtratagêmes,
les Saiſons, les Elements, tout enfin juſqu'aux Sens, & aux
Ages de l'homme, a trouvé place dans les Ballets qui ont
paru depuis environ quarante ans.

On a penſé, en traitant le ſujet du Triomphe de l'Harmonie, que l'idée de ce Ballet convenoit plus que tout
autre à un Théatre dont l'Harmonie doit faire l'agré-
ment & le ſuccez; On a crû même y découvrir quelques-
uns des ornements qui manquent à la plûpart des ſujets
traités en forme de Ballet. Les effets que la Fable attribue
à l'harmonie, ſont toujours accompagnés de ce merveilleux qui doit être l'ame du ſpectacle lirique. Il paroît que
cette partie eſt un peu negligée dans la plûpart des Opera
modernes. Quinault penſoit bien différament. Peu d'Autheurs ont eû plus d'eſprit; aucun n'a égalé ſa délicateſſe
dans le ſentiment, encore moins l'élégance & la douceur
de ſon ſtile : Cependant, il a crû qu'il falloit ajoûter à ces
détails beaux par eux-mêmes, la pompe & la variété d'un
Spectacle qui tint du prodige. Il a raſſemblé dans ſes poëmes tout ce que la fable & la romancie ont imaginé de
plus merveilleux. Le Théatre lirique doit faire une illuſion
continuelle aux yeux comme à l'eſprit : il n'eſt point fait
pour la vrais-ſemblance, & ce n'eſt pas à ce genre de poë-

sie dramatique qu'il faut appliquer le précepte d'Horace;

Nec Deus intersit. . . .

Ficta voluptatis causâ sint proxima veris.

Hor. art. P.

Il est vrai que pour éluder le défaut de vrais-semblance attaché necessairement à tout spectacle où l'on fait paroî-tre des personnages qui aiment, qui combattent, qui m'eu-rent en chantant, on pourroit répondre aux critiques les plus severes, que dans le Ballet qui leur est présenté au-jourd'huy, on employe des Heros qui n'ont dû leurs triom-phes qu'aux accords de leur voix & de leur lyre. Am-phion & Orphée exprimoient par des chants leurs senti-ments & leurs passions; La Musique étoit leur langage; L'un sçût flêchir par les charmes de sa voix le cœur de Pluton & la rigueur des destinées. L'autre bâtit les murs de la Ville de Thebes. Tous deux apprivoiserent les mon-stres, & civiliserent les hommes.

> *Silvestres homines sacer, interpresque Deorum*
>
> *Cœdibus & fœdo victu deterruit Orpheus,*
>
> *Dictus ob hoc lenire tigres , rabidosque leones:*
>
> *Dictus & Amphion Thebanæ conditor arcis*
>
> *Saxa movere sono testudinis, & prece blandâ*
>
> *Ducere quo vellet.*   Hor. art. P.

Ces vers contiennent le sujet du premier & du troisié-me Acte de ce Ballet. On a tâché d'y réunir tous les dif-férents caracteres de l'Harmonie; elle emeut, elle atten-drit, elle anime le courage, elle inspire la terreur. Tous ces différents effets de l'harmonie sont consacrés par l'Hiftoire grecque autant que par la Mithologie. Platon & Plutarque ont traité cette matiere à fond. Ils n'ont pas oublié la célébre Tyrtée, qui par ſes chants mâles & vigoureux fit remporter aux Lacédémoniens une victoire conſiderable.

Plut. de Muſ.
Plat. de Leg.

> *Tyrtæuſque marès animos in martia bella*
>
> *Verſibus exacuit.*   Hor. art. P.

Les chants & les vers d'Amphion pouvoient avoir la même vertu. On raſſemble en ſa faveur tous les prodiges operés par la Muſique. Il touche le cœur de ſa Maîtreſſe ; il fortifie la Ville de Thebes d'une nouvelle enceinte ; il épouvante les Sujets de Tantale, & ranime la valeur des Thebains. Ce peuple devoit être plus ſenſible qu'un autre aux charmes de l'Harmonie, puiſqu'il étoit gouverné par ceux que la fable reconnoit pour les inventeurs de la Muſique, Amphion & ſon frere Zétus.

En general les hommes attribuoient alors des effets ſurprenans au pouvoir de l'Harmonie. Le bruit de ces prétendus miracles ſe tranſmettoit de génération en génération, & ſurprenoit la crédulité des anciens peuples de la terre. Elevés dans des Religions pleines de preſtiges, ils penſoient que le ſon d'une voix ou d'une lyre pouvoit changer le naturel des hommes & des animaux, donner du mouvement aux arbres, aux pierres, & aux montagnes. La crédulité de ces premiers ſiécles d'erreur & d'ignorance ne doit pas nous ſurprendre, depuis qu'on a vu des Philoſophes vouloir expliquer ſérieuſement par des raiſons phiſiques des fables que les Payens éclairés prenoient ſeulement dans un ſens moral. C'eſt ce qu'on peut voir dans l'Hiſtoire critique des pratiques ſuperſtitieuſes. Fabius Paulinus, dit le P. le Brun, en parlant de la fable d'Orphée & d'Amphion, s'eſt imaginé qu'on pouvoit bien la prendre à la lettre, & l'expliquer phifiquement par les principes des Platoniciens. Il en fit l'effay, & prouva fon raifonnement par fept raifons qu'il croyoit bein concluantes. Quel exemple de la foibleffe & de l'extravagance du raifonnement humain !

Feu M. de la Mothe a traité le fujet d'Amphion dans un Acte du Ballet des Arts : fon Acte & celui-ci n'ont rien de commun que ce qui apartient à la Mythologie.

L'avanture d'Hilas, Argonaute, & compagnon d'Hercule, fait le fujet du fecond Acte. Ce jeune homme s'étant écarté de fa troupe pour aller puifer de l'eau dans une fontaine voifine du rivage, tomba dans cette même fontaine & s'y noya. Hercule & les Argonautes le chercherent & l'appellerent en vain.

His adjungit Hilan nautæ quo fonte relictum

Clamaffent , ut littus Hyla , Hyla omne fonaret.

Virg. Egl. vi.

Après avoir pleuré fa mort ils continuerent leur navigation. Les Poëtes ont crû que cette maniere de raconter la mort d'Hilas étoit trop fimple. Ils ont imaginé que les Nymphes amoureufes de fa beauté l'entraînerent dans leur demeure. Properce qui a décrit cette avanture , ajoûte que les Nymphes fufpendirent leurs concerts pour admirer Hylas.

Cujus & accenfæ dryades candore puellæ

Miratæ folitos deftituere choros.

Prop. Lib. i. Eleg. xx.

D'ailleurs il eft permis de fuppofer que toutes les Nymphes avoient la voix belle. Circé dans Virgile n'eft pas moins dangereufe par le charme de fa voix que par la force de fes enchantemens.

Dives inaccessos ubi solis filia lucos

assiduo resonat cantu. Virg. œn. lib. 7.

Malgré les soins que l'on s'est donné pour rendre ce Ballet digne des suffrages du Public, on n'ose point encore se flatter qu'il les merite au point de reconcilier la poësie lyrique avec ceux qui ne jugent de ce genre d'écrire que sur le sentiment partial de Messieurs de Saint-Evremond & Despreaux. Ce dernier, tout respectable qu'il est d'ailleurs, a bien osé placer dans ses satires, le nom d'un Ecrivain consacré depuis par le suffrage unanime de toute l'Europe litteraire. On est d'accord sur le merite de Quinault. Pourquoy donc méprifer un genre qui a été dans ses mains une source inépuisable des plus grandes beautés de la poësie? Peut-on avoir lû avec attention des poëmes tels que Proserpine, Thesée, Atys, Armide, & ne pas sentir qu'il est possible de rassembler dans un ouvrage lyrique la chaleur de l'interêt, la vivacité des passions, la noblesse des sentimens, la beauté des images, l'energie, la douceur & l'élégance du stile?

La plûpart des hommes ne jugent que par prévention, & la prévention ne raisonne jamais que sur de faux principes, ou ne tire que de fausses conféquences des principes les plus vrais. Tout ce que l'on peut conclure du décri où les poëmes de l'Opera sont tombés dans l'esprit de plusieurs personnes, c'est qu'il est infiniment difficile d'y réussir, & que dans ce genre de poësie plus que dans tout autre,

Il n'est point de dégrés de mediocre au pire.

Despreaux. Art. P.

ACTEURS CHANTANTS
dans tous les Chœurs du Prologue & du Ballet.

CÔTE' DU ROY.

Mesdemoiselles.	Messieurs.
Dun.	St. Martin.
	Lefebvre.
Ducoudray.	Louette.
Delorge.	Marcelet.
	Deshais.
Goussier.	Buseau.
Benard.	François.
	Duplessis.
Varquin.	Rimbault.
Anteaume.	Le Mire, fils.

CÔTE' DE LA REINE.

Mesdemoiselles.	Messieurs.
Antier-C.	Le Myre.
	Deserre.
Thetelette.	Thurier.
	Dautrep.
Lavalée.	Galard.
	Grolier.
Deshaigles,	Houbault.
Person.	Bourque.
	Bornet.
Rabon.	Lorette.

Le Recueil general des Paroles des Opera a presentement quatorze Volumes, qu'on vend ensemble,   35. liv.
 On vend separément les trois derniers,   9. liv.

 On vient de donner le *Septiéme Livre des Parodies Nouvelles*, *& des Vaudevilles Inconnus*, de même forme, & de même prix que les précédents.

LE

LE TRIOMPHE
DE
L'HARMONIE.

PROLOGUE.

ACTEURS CHANTANTS.

L'HARMONIE,	Mlle. Petitpas.
LA PAIX,	Mlle. Julye.
L'AMOUR,	Mlle. Fel.
Une Eleve de L'HARMONIE.	Mlle. Petitpas.
Troupe d'Eleves de L'HARMONIE.	
UNE GRACE,	Mlle. Monville.
Troupe de Graces, de Muses, de Jeux, & de Plaisirs.	
Troupe de Peuples.	

ACTEURS DANSANTS.

LES GRACES;

Mesdemoiselles Fremicourt, Le Breton, St.-Germain.

JEUX ET PLAISIRS;

Messieurs Malter-L., Matignon, Hamoche;

Mesdemoiselles Le Duc, Dalmand-L., Courcelle.

SUIVANTS DE L'HARMONIE;

Messieurs Dumay, Dupré.

Mesdemoiselles Carville, Petit, Durocher.

PROLOGUE.

Le Théâtre repréfente une Campagne couverte
de Trophées, de Pyramides, & d'Arcs
de Triomphe.

SCENE PREMIERE.

TROUPE DE PEUPLES;

LA PAIX defcend du Ciel au bruit des Timballes
& des Trompettes.

CHOEUR.

A Paix vient combler nos defirs,
Quel bonheur pour nous! quelle gloire!
Elle rameine les plaifirs
Sur les aîles de la Victoire.

A ij

SCENE II.
LA PAIX sur son Char, TROUPE DE PEUPLES.

LA PAIX.

J'Ay banni loin de vous, & la Guerre & l'Effroi ;
Rentrez, Peuples vainqueurs, sous ma paisible loi ;
A vous rendre heureux, tout conspire :
Je rapelle dans vôtre Empire
Les Jeux envolez avec moy.

Enfans de mes loisirs, accourez l'un & l'autre,
Mere des doux accords, Dieu souverain des cœurs,
Rendez à ces climats vos plaisirs enchanteurs :
Ces lieux sont faits pour vous, mon Empire est le vôtre.

LA PAIX remonte au Ciel.

CHOEUR.

La Paix vient combler nos desirs :
Quel bonheur pour nous! quelle gloire !
Elle rameine les plaisirs
Sur les aîles de la Victoire.

SCENE. III.

L'HARMONIE, L'AMOUR, leur Suite
sur differents nuages, & les Peuples.

L'AMOUR.

Mortels, vos allarmes finissent :
Célébrez la faveur des Cieux,
Nous quittons le séjour des Dieux
Pour faire le bonheur d'un Peuple qu'ils cherissent.

L'HARMONIE.

Ces pompeux Monuments des triomphes de Mars
Reprochent aux Humains les malheurs de la terre ;
Eloignons de vos yeux l'image de la guerre ;
Que de plus doux objets amusent vos regards.

Le Théâtre change, & représente un lieu préparé
pour une Fête.

SCENE IV.

L'AMOUR, L'HARMONIE, defcendus de leurs nuages, LES PLAISIRS, LES MUSES, LES GRACES, ET LES PEUPLES. UNE GRACE, alternativement avec le CHOEUR.

CHarmant Amour, ô divine Harmonie
    Regnez fur nous ;
    Vous faites de la vie
    Les moments les plus doux.

Vous pouvez de Bellone appaifer la furie,
Des ondes & des vents vous calmez le courroux.

Charmant Amour, &c.

L'HARMONIE.

Ma voix de la nature eft l'image naïve ;
    Toûjours touchante, toûjours vive,
    Je peins du cœur les fecrets fentiments,
Le trouble, les foupirs, les tranfports des Amants :
Tremblante, furieufe, attendrie, infléxible,
J'épouvante un Ingrat, je touche un Infenfible ;
    Et par mes fons, j'infpire tour à tour
La crainte, la pitié, la terreur & l'amour.

PROLOGUE.
L'HARMONIE.

Plus legers que Zéphire,
Mes chants suivent toûjours le penchant qui m'inspire;
Souvent je les accorde au murmure des eaux:
Si des tendres Oiseaux
J'emprunte le langage,
Du Rossignol j'imite le ramage;
Si de l'Amour je veux chanter les loix;
On diroit que ce Dieu s'exprime par ma voix.

Les Suivants de L'AMOUR & de L'HARMONIE,
reprennent leurs danses.

L'AMOUR.

Tendres Amants,
Dont les pleurs & les serments
N'ont pû fléchir des cœurs à vos desirs rebelles;
Dans ces beaux lieux
Nos Concerts, nos Chants, nos Jeux,
Des plus Cruelles
Charment le cœur & les yeux:

Conduisez leurs pas
Dans ce séjour doux & tranquille;
Icy mille appas
Triomphent des Ingrats;
Pour la volupté,
L'Amour a choisi cet azile;
Envain la Beauté
Compte sur sa fierté.

Tendres Amants,
Dont les pleurs & les ſerments
N'ont pû fléchir des cœurs à vos deſirs rebelles ;
Dans ces beaux lieux,
Nos Concerts, nos Chants, nos Jeux,
Des plus Cruelles
Charment le cœur & les yeux.

CHOEURS.

Qu'à nos efforts l'Univers applaudiſſe,
Que nos voix, que nos chants s'élevent juſqu'aux
Cieux :
Qu'avec nous à jamais le tendre Amour s'uniſſe,
Rempliſſons le loiſir des Mortels & des Dieux.

FIN DU PROLOGUE.

LE TRIOMPHE
DE
L'HARMONIE,
PRÉMIERE ENTRÉE.

ORPHÉE.

ACTEURS CHANTANTS.

PLUTON,   Mr. Dun.
LE STIX,   Mr. Person.
LES TROIS JUGES DES ENFERS.
ORPHE'E,   Mr. Tribou.
EURYDICE,   Mlle. Petitpas.
UNE DIVINITE' INFERNALE. Mr. Lefebvre.
Troupe de Demons & de Furies.
Troupe de Divinitez infernales.
Troupe d'Ombres d'Amants heureux.

La Scene est aux Enfers.

ACTEURS DANSANTS.

DEMONS ET FURIES;

Messieurs Javilier-C., Savar, Dupré, Lefevre, Dumay.

DIVINITEZ INFERNALES;

Monsieur Malter-L. 3.

Et les mêmes que les Démons & Furies.

OMBRES HEUREUSES;

Monsieur D-Dumoulin, Mademoiselle Sallé;

Messieurs Malter-L., Hamoche, F-Dumoulin,
P-Dumoulin;

Mesdemoiselles Fremicourt, Dalmand-L, Le Duc,
Lefebvre.

PREMIERE ENTRÉE.

ORPHÉE.

Le Théâtre repréſente les Enfers, LE DIEU DU STIX paroît penché ſur ſon Urne ; on voit dans le fond, l'Antre où CERBERE eſt enchaîné, PLUTON au milieu des trois JUGES, occupe un Trône ſur un des côtez du Théâtre.

SCENE PREMIERE.

PLUTON, LE STIX, LES TROIS JUGES DES ENFERS.

CHOEUR de Démons & de Furies.

LE STIX.

Oulez mes Flots, quittez vos gouffres ténébreux,
   Parcourez les Rivages ſombres :
Coulez mes Flots, coulez torrents impetueux,
Que vôtre affreux murmure épouvante les Ombres.

PLUTON.

Des mânes criminels, redoublez les tourments,
Remplissez les Enfers d'une terreur nouvelle,
Que ces Monstres cruels, que ces feux dévorants
Servent du Dieu des morts la vangeance éternelle.

LE CHOEUR.

Qu'au gré de nos fureurs
La haine, le parjure,
L'audace, l'imposture,
Remplissent la nature
De nouvelles horreurs:
Qu'on invente des crimes
Pour outrager les Cieux ;
Tombez dans nos abimes,
Misérables Victimes
Des vangeances des Dieux :
Que leur courroux vous livre
A des tourments cruels ;
Malheureux Criminels,
Perissez pour revivre
Dans des maux éternels.

Les Démons & les Furies montrent leur empressement à suivre les ordres de PLUTON; après quoy on entend une Symphonie mélodieuse.

PTUTON.

Mais, quels nouveaux accords font retentir ces Rives !
Les Ombres attentives

Suspendent leurs gemissements ;
Sur leurs bords étonnez les Ondes sont captives,
On n'entend plus leurs sourds mugissements.

La Symphonie continuë, ORPHE'E paroît.

Me trompai-je ? un Mortel ! quelle audace l'inspire !
Hâtons-nous, prévenons un dangereux effort ;
Un Mortel descend-t-il dans l'infernal Empire,
Avant que le trépas ait terminé son sort ?

PLUTON ET LE STIX.

Qu'un supplice effroyable
Punisse le Coupable,
Et vange les Enfers.

Déchaînons contre luy les Monstres du Tartare,
Qu'un exemple horrible & barbare
Etonne à jamais l'Univers.

CHOEUR. *Qu'un supplice,* &c.

La Symphonie melodieuse continuë.

C H OE U R.

Quels accords touchants nous ravissent !
Dieu puissant, nos efforts sont vains !
Malgré nous, nos cœurs s'attendrissent,
Et nos flambeaux vangeurs s'éteignent dans nos mains.
Une nouvelle Symphonie ameine ORPHE'E au milieu
de la Cour de PLUTON.

SCENE II.

ORPHE'E, Ombres entraînées par les chants d'ORPHE'E; & les Acteurs de la Scene précédente.

ORPHE'E, à PLUTON.

ARbitre redouté des vertus & des crimes,
   Approuvez d'un Amant les transports légitimes;
     Pour appaiser le sort qui me poursuit
J'ose porter mes pas sur les Rivages sombres,
C'est l'Amour qui me guide, & ses feux m'ont conduit
Dans l'éternelle horreur du silence & des ombres:
     Mon cœur sans en être effrayé
Découvre à vos regards son projet témeraire;
     Je ne crains point d'armer vôtre colere,
     Si je ne puis toucher vôtre pitié.

PLUTON.

Mortel audacieux, qu'une flâme fatale
Précipite à jamais dans la nuit infernale,
Tremble, connois l'Empire où je donne la loi:
   Peux-tu braver, sans craindre ma vangeance,
Les allarmes, l'horreur, les tourments, & l'effroi
Que respirent ces lieux remplis de ma présence?
Mais un Charme inconnu me saisit malgré-moy...
Parle, quel est l'Objet qui regne dans ton ame,
Quel espoir te séduit, & qu'exige ta flâme?

ORPHE'E.

La charmante Eurydice accordée à mes feux ,
Sous les loix de l'Hymen alloit combler mes vœux :
La Parque impitoyable a terminé sa vie :
Les Plaines, les Forests de la triste O Emonie
Repetoient chaque jour mes accents douloureux ;
   Helas ! ils ont calmé la rage
Des Monstres effrayants qu'on voit sur ce rivage :
   Serez vous moins sensible qu'eux ?

PLUTON.

 Je suspends encor ton supplice ;
Pour quelqu'instant je veux soulager ton tourment :
Aux champs Eliziens va chercher Euridice ;
Passe sans nul obstacle en ce séjour charmant ,
Mais crains de payer cher ce precieux moment.

     PLUTON se retire.

Le Théâtre change & représente les Champs Elizés;
on y voit les Ombres des Amants heureux.

SCENE III.
ORPHE'E, EURYDICE;

ORPHE'E apperçevant EURIDICE
parmy les Ombres heureuses.

Dieux que vois-je! Quelle Ombre à mes yeux se
présente!
C'est Eurydice, helas!

EURYDICE.

Cher Orphée, est-ce vous!

Avez-vous du Destin éprouvé le courroux?
Le trépas vous rend-t-il à vôtre triste Amante?

ORPHE'E

Eloigné de vos yeux,
Je souffrois à regret la lumiere des Cieux:
Mes chants rendus plus doux par ma douleur extrême,
Ont ouvert sous mes pas l'Empire de la mort;
Content d'y revoir ce que j'aime,
J'attendray mon arrêt de l'Amour & du Sort.

Punissez mon audace, ou terminez ma peine,
Dieu des Enfers, unissez-nous:
Rendez-moy l'Objet qui m'enchaîne;
L'Amour forma nos cœurs pour ses nœuds les plus doux,
Si vous nous unissez, il a moins fait que vous.

ENSEMBLE.

L'Amour forma nos cœurs pour ses nœuds les plus doux,
Si vous nous unissez, il a moins fait que vous.

SCENE IV.

SCENE IV.

ORPHE'E, EURYDICE ; une Divinité
Infernale, Troupes de Divinitez Infernales,
& d'Ombres d'Amants heureux.

UNE DIVINITE' INFERNALE.

LEs accents de ta voix que ta tendreſſe anime,
Ont déſarmé le Dieu qui regne dans ces lieux :
La Parque te rend ſa victime ;
Va, raméne Eurydice à la clarté des Cieux.

Que tout applaudiſſe à ta gloire,
Triomphe, regne dans ces lieux ;
L'Avenir plein de ta mémoire,
Sans ceſſe publira ton nom victorieux :
Un Mortel a plus fait que n'ont oſé les Dieux.

CHOEUR.

Que tout applaudiſſe, &c.

Danſes des Divinitez infernales, & des Ombres
heureuſes.

EURYDICE, alternativement avec le CHOEU.

Tendre Amour, le Sort, les Dieux, les Rois,
Tout céde à tes loix ;
L'Enfer s'ouvre à ta voix.

C

Ta préfence
Sufpend l'horreur des fombres bords :
Ta Puiffance,
Tes doux tranfports
Défarment la vangeance
Du Tyran des morts.

Dans ces lieux, retraites paifibles
Du vray bonheur, des biens parfaits,
Tous les cœurs font encor fenfibles,
Charmant Amour, à tes bienfaits.

Les Ombres heureufes reprennent leurs danfes.

CHOEUR.

Que tout applaudiffe à ta gloire,
Triomphe, regne dans ces lieux ;
L'Avenir plein de ta mémoire
Sans ceffe publira ton nom victorieux :
Un Mortel a plus fait que n'ont ofé les Dieux.

FIN DE LA PREMIERE ENTRE'E.

LE TRIOMPHE

DE

L'HARMONIE.

DEUXIÉME ENTRÉE.

HYLAS.

ACTEURS CHANTANTS.

EGLE', *Divinité du Fleuve*,   Mlle. Pellicier.
DORIS, *Nymphe des Eaux*,   Mlle. Fel.
HILAS, *Argonaute, Compagnon
   d'Hercule*,   Mr. Tribou.
UN SUIVANT D'EGLE',   Mr. Jeliote.

Chœur de Divinitez des Eaux.

Chœur d'Argonautes, qu'on ne voit pas.

Le Scene se passe sur le bord d'un Fleuve de la Mysie.

ACTEURS DANSANTS.
DIVINITEZ DES EAUX;

Monsieur Malter-3., Mademoiselle Mariette ;

Messieurs Matignon, Dangeville, Hamoche,
P-Dumoulin ;

Mesdemoiselles Dallemand-L Fremicourt, S. Germain,
Courcelle, Dallemand-C., Centuray.

DEUXIE'ME ENTRE'E.

HYLAS.

Le Théâtre repréfente une Campagne ornée de Jardins & de Bofquets, coupés par un Fleuve.

SCENE PREMIERE.

EGLE', DORIS fortant du Fleuve.

EGLE'.

ENfin, *voicy le jour où je pourray connoître*
Du jeune Hylas les fentiments fecrets :
Je cherche mon malheur, je l'avance peut-être,
Doris, j'ay trop compté fur mes foibles attraits :
Il me vit un moment fous ce feuillage épais,
J'évitay fes regards, je rentray fous les ondes ;
Cependant fes foupirs font retentir ces bois ;
Et dans le fein de nos Grottes profondes
L'Echo vient me porter les accents de fa voix.

DORIS.

Il aime; c'est à vous que son amour s'adresse.

EGLE'.

Helas! que n'est-il vray!

DORIS.

Pouvez-vous en douter?
Vôtre beauté, cette aimable jeunesse
Que vos regards font éclater,
Tout vous est un garent du pouvoir de vos charmes,
Et tout vous dit qu'Hylas vous a rendu les armes.

EGLE'.

Je ne m'abuse point ; rarement la Beauté
Fixe le choix d'un cœur, & sa fidelité.
C'est un instant de caprice
Qui nous donne de l'amour ;
C'est un moment d'injustice
Qui le détruit à son tour.

DORIS.

Le cœur d'une Immortelle,
Du jeune Hylas, doit fixer tous les vœux ;
Vôtre amour le rendra fidele,
Autant que vos regards le rendront amoureux.

DEUXIE'ME ENTRE'E. 23

E G L E'.

La fortune la plus brillante,
La Déeſſe la plus charmante
N'inſpirent pas un feu conſtant:
L'immortalité de l'Amante
Ne ſert qu'à rendre plus touchante
L'infidelité de l'Amant.

> On entend un bruit de Chaſſe.

Hylas ſe plaît dans ces Forêts;
Tu ſcais ce que mon cœur médite,
Rentrons: malgré-moy je l'évite;
Que nos tendres accords ſecondent mes projets.

E G L E' s'enfonce dans le Fleuve avec D O R I S: le bruit
de Chaſſe continuë.

❊❊❊❊❊❊❊❊❊❊❊❊❊❊❊❊❊❊❊❊❊❊❊❊❊❊❊❊❊❊❊❊❊❊

S C E N E I I.

H Y L A S, ſeparé des Chaſſeurs.
Troupe de Nayades qu'on ne voit pas.

H Y L A S.

A Rrêtons-nous dans ce Boccage;
C'eſt icy que j'ay vû pour la premiere fois,
Une jeune Beauté digne de mon hommage:
L'éclat de ſes attraits, le charme de ſa voix
Me retiennent ſur ce Rivage;
Mais, je la cherche envain: helas! quel deſeſpoir!
Ne puis-je l'oublier, ou dumoins la revoir.

CHOEUR DES NAYADES, qu'on entend
du fond des eaux.

Nous joüissons dans nos aziles
Du plus parfait repos :
La gloire des Heros
Ne vaut pas nos plaisirs tranquiles.

H Y L A S.

Quels accords ! ces tendres Concerts
M'annoncent-ils l'Objet dont je porte les fers ?

Lieux embellis par les pleurs de l'Aurore,
Jardins toûjours brillants, sejour délicieux,
Offrez, à mes regards la Beauté que j'adore :
Vous serez plus parez de l'éclat de ses yeux
Que des dons de Pomone, & des presens de Flore.

Mais, tout respire icy les charmes du repos,
J'en ressens les effets, ma resistance est vaine :
Le tranquile sommeil me couvre de pavots,
Je succombe, je céde à la main qui m'enchaîne.

H Y L A S se couche sur un lit de gazon ; aussi-
tôt le Théâtre change, & repréfente le Palais
des Nymphes des Eaux, dans lequel H Y L A S
vient d'être tranfporté.

SCENE III.

SCENE III.

HYLAS endormi;
TROUPE DE DIVINITEZ DES EAUX
de la Suite d'EGLE', qui danſant autour d'HYLAS.

HYLAS ſe réveille, il voit EGLE' dans le fond
du Théâtre. Les NAYADES ſe retirent.

HYLAS.

Où ſuis-je! quel Reveil! erreur enchantereſſe!
  Ah! je n'en doute plus, c'eſt l'Objet de mes feux:
L'éclat de ce ſéjour m'annonce une Déeſſe,
Infortuné Mortel, où s'adreſſent tes vœux!

D

SCENE IV.

HYLAS, EGLE'.

EGLE'.

OÙ portez-vous vos pas ? quel deſſein vous ameine?
Jeune Mortel, connoiſſez-vous ces lieux ?

HYLAS.

A mon reſpect, à ma crainte ſoudaine,
Aux attraits que je voi, je reconnois les Dieux.

EGLE'.

Banniſſez la terreur dont vôtre ame eſt atteinte :
L'ennuy, la frayeur, la contrainte
Ne ſont pas faits pour ces lieux enchantez :
Nos paiſibles Divinitez
Exigent des Mortels, plus d'amour que de crainte.

HYLAS.

Peut-on à leurs attraits refuſer ſon amour?

EGLE'.

Souveraine de ce ſéjour,
Eglé reſſent pour vous la plus vive tendreſſe;
Par ſon ordre aujourd'huy vous étes dans ſa Cour:
Vous vous troublez ! quelle ſombre triſteſſe !

HYLAS.

Dieux, quel est mon malheur !

EGLE'.

Que vois-je, Hylas ! vous répandez des larmes !

HYLAS.

Je ne puis cacher mes allarmes,
Ne pouvez-vous lire au fond de mon cœur !

EGLE'.

Eglé n'exige point d'hommáge involontaire :
Si son amour ne peut vous plaire,
Partez, les rapides Zephirs
Vont satisfaire vos desirs.

HYLAS.

Que mon trouble est extrême !
En quittant ces beaux lieux, helas !
Je fuis ce que je n'aime pas,
Mais, je m'arrache à ce que j'aime.

EGLE'.

Que dites-vous !

HYLAS.

Puis-je cacher mon feu,
Quand mes regards vous en ont fait l'aveu !
O dangereux Rivage ! ô fatale Mysie !
L'Astre du jour quittoit le sein des mers,
J'entends de nouveaux sons retentir dans les airs ;
De leurs accords touchants mon ame est attendrie ;
Je vole, je vous voi, je vous aime, & vous perds.

E G L E'.

Vous m'aimez !

H Y L A S.

Vôtre indifference
Ne sçauroit éteindre mes feux :
Quel supplice cruel ! j'aime sans esperance ;
Ce n'est qu'aux Amants malheureux
Que l'Amour laisse la constance.

E G L E'.

Non, non, vos feux seront recompensez.
Ce même jour qui vit couler vos larmes,
Ce jour qui vous soumit au pouvoir de mes charmes,
Hylas, du même trait nos cœurs furent blessez.

H Y L A S.

Qu'entens-je ! quel bonheur surpasse mon attente !

E G L E'.

Reconnoissez Eglé, dans vôtre Amante.
Regnez, Hylas, regnez dans ce séjour,
Puis-je trop payer vôtre flâme !
Le rang divin n'a point séduit vôtre ame,
Qu'il soit le prix de vôtre amour.

HYLAS.

L'amour & la reconnoiſſance
Vous aſſurent mon cœur ;
Garents de ma conſtance ,
L'un en fait mon devoir, & l'autre mon bonheur.

EGLE'.

Nymphes, & vous Tritons, célébrez ma victoire ;
Faites briller vos chants de mille attraits nouveaux :
De ſes triomphes les plus beaux ,
L'Amour leur doit ſouvent la gloire.

SCENE V.

EGLE', DORIS, HYLAS, UN SUIVANT D'EGLE', DIVINITEZ DES EAUX.

UN SUIVANT D'EGLE'.

CHantez l'Amour, chantez ses traits victorieux,
   Célébrez l'Objet qu'il enflâme :
Il anime ses chants, il brille dans ses yeux,
   Qu'il regne à jamais dans son ame.

CHOEUR.

Chantons l'Amour, chantons ses traits victorieux,
   Célébrons l'Objet qu'il enflâme :
Il anime ses chants, il brille dans ses yeux,
   Qu'il regne à jamais dans son ame.

On danse.

DORIS.

Tous les plaisirs
Comblent nos desirs ;
Les Jeux nous amusent sans cesse ;
Transports charmants,
Transports des Amants,
La Jeunesse
Vous doit ses plus doux moments.

CHOEUR.

Tous les plaisirs
Comblent nos desirs ;
Les Jeux nous amusent sans cesse ;
Transports charmants,
Transports des Amants,
La Jeunesse
Vous doit ses plus doux moments.

DORIS.

De ces lieux nous chassons la feinte,
La rigueur, la séverité ;
Le penchant seul est écouté:
Heureux sans infidelité,
Fideles sans contrainte.

CHOEUR.

Tous les plaisirs
Comblent nos desirs ;
Les Jeux nous amusent sans cesse ;
Transports charmants,
Transports des Amants,
La Jeunesse
Vous doit ses plus doux moments.

D O R I S.

Sans l'Amour, sans ses charmes puissants,
Nos Concerts, nos accents
Seroient languissants :
Célébrons le Dieu qui nous blesse ;
Que nos chants
Rendus plus touchants
Respirent la tendresse.

C H OE U R.

Tous les plaisirs
Comblent nos desirs ;
Les Jeux nous amusent sans cesse ;
Transports charmants,
Transports des Amants,
La Jeunesse
Vous doit ses plus doux moments.

Les Divinitez des Eaux reprennent leurs
Danses & finissent cette Entrée.

FIN DE LA DEUXIEME ENTRE'E.

L E

LE TRIOMPHE
DE
L'HARMONIE,
TROISIÈME ENTRÉE.

AMPHION.

E

✳✳✳✳✳✳✳✳✳✳✳✳✳✳✳✳✳✳✳✳✳✳✳✳✳✳✳✳✳✳✳✳✳✳✳✳✳✳

ACTEURS CHANTANTS.

AMPHION, *Roy des Thebains*, M^r. Chaffé.
ATANTALE, *Roy d'un Peuple*
Sauvage.   M^r. Dun.
NIOBE, *Fille de* TANTALE,   Mlle. Ecremans.
UN SAUVAGE,   M^r. Chaffé.
UNE THEBAINE,   Mlle. Fel.
Troupe de Thebains.
Troupe de Sauvages.

La Scene fe paffe aux Portes de la Ville de Thebes.

ACTEURS DANSANTS.

THEBAINS;

Monfieur D-Dumoulin,

Meffieurs F-Dumoulin, Hamoche, P-Dumoulin.

Mefdemoifelles S.-Germain, Dalmand-L, Fremicourt.

SAUVAGES;

Monfieur Dupré ;

Mademoifelle Sallé ;

Meffieurs Savar, Javillier-C., Dupré ;

Mefdemoifelles Carville, Petit, Durocher.

TROISIÉME ENTRÉE.

AMPHION.

Le Théâtre repréfente des Forêts, des Cavernes, des Rochers ; un Camp de Sauvages y eft formé devant la Ville de Thebes, qui paroît dans le fond à demie ruinée.

La Scene fe paffe fur la fin de la nuit.

SCENE PREMIERE.

NIOBE.

Mour de l'Univers, flâme brillante & pure,
Aurore, que tes feux redoublent mon effroi !
Les horreurs de la nuit s'éfacent devant toi ;
Tes rayons bienfaifants confolent la nature,
Tu n'es affreufe que pour moi.

E ij

J'aime Amphion, son cœur l'ignore :
Dumoins en luy cachant mes feux,
Ne puis-je le sauver d'un trépas rigoureux !
Helas ! trop diligente Aurore,
Le jour que tu vas faire éclore
Doit être le dernier de ses jours malheureux.

Amour de l'Univers, flâme brillante & pure,
Aurore, que tes feux redoublent mon effroi !
Les horreurs de la nuit s'efacent devant toi ;
Tes rayons bienfaisans consolent la nature,
Tu n'es affreuse que pour moi.

Jaloux de l'heureuse puissance,
Qu'Amphion sur ces bords signaloit par ses chants,
Mon Pere avec fureur, l'immole à sa vangeance ;
Il reçoit, il écoute avec indifference,
Des vœux soumis & des regrets touchants.

De nos destins Arbitres inflexibles,
D'un Mortel opprimé qui sera le soutien ?
Ah ! pourquoy rendez-vous tous les cœurs insensibles,
Ou pourquoy, Dieux cruels, en excepter le mien !

SCENE II.

NIOBE, AMPHION.

AMPHIOM.

C'Eſt toy ſeul que j'implore
Amour, daigne guider mes pas.

NIOBE.

Qu'entens-je!

AMPHION.

Offre à mes yeux la Beauté que j'adore,
Je n'exige plus rien, & je vole au trépas.

NIOBE.

C'eſt luy, de mes tranſports je ne ſuis plus maîtreſſe,
Evitons ſes regrets, ou plûtôt ma foibleſſe.

AMPHION.

Que vois-je! ah Cruelle, arrêtez,
Vous n'aurez pas long-temps à ſouffrir ma tendreſſe,
Je vais finir mes jours perſécutez

Je ne me flatte point d'un eſpoir inutile
Environné d'un Peuple furieux,
Mon Frere, & les Thebains n'auront plus pour azile
Que ces Remparts détruits & les Temples des Dieux.

L'espoir de fléchir vôtre Pere,
Le bonheur de vous voir, le desir de vous plaire
Dans ces funestes lieux m'attirent chaque jour :
Je cherche envain des cœurs sensibles ;
L'un & l'autre pour moy vous étes inflexibles :
Tantale est sans pitié, vous étes sans amour.

N I O B E.

Ah ! que vôtre destin n'est-il en ma puissance !
Je ne partage point la colere du Roi,
Malgré la juste indifference
Que j'oppose à l'Amour, dont vous brulez pour moi,
Je vous plains, je condamne une aveugle vangeance,
Peut-être, helas ! bien plus que je ne doi.

A.M P H I O N.

Que dites-vous ! ô Ciel! que faut-il que je pense !
Vous soupirez, vous plaignez mes tourments ;
A la seule pitié dois-je ces sentiments !

N I O B E.

Un fatal penchant vous entraîne ;
Pourquoy vous occuper d'une tendresse vaine !
Songez à finir vos malheurs.
Fléchissez un Peuple barbare,
Vôtre art peut calmer ses fureurs :
Les Dieux n'ont pas envain fait un present si rare,
Employez pour vous leurs faveurs.

La nature obéit au feu qui vous inspire,
Les Monstres, les Rochers, tout s'attendrit pour vous;
Je sens que des accords si touchants & si doux
Sur le cœur des Mortels auroient le même empire.

AMPHION.

Eh ! que peuvent des chants étouffez par mes larmes ?
Inhumaine, est-ce à vous de vanter leurs douceurs !
Si mes accords avoient des charmes,
L'Amour les eût rendus vainqueurs.

NIOBE.

Helas! mais où m'entraîne une pitié trop tendre;
Quand je vous aimerois, pourrois-je vous défendre ?
Qu'attendez - vous de mon secours !

AMPHION.

Je ne demande point que vous sauviez mes jours;
Sans vous, sans vôtre cœur pourrois-je aimer la vie !
S'il faut, helas ! qu'elle me soit ravie,
Un seul mot, un soûpir auroit flatté mes vœux,
Je serois mort content, je mourray malheureux.

NIOBE.

Ah! je ne puis cacher mon trouble & mes allarmes;
Mon cœur, cher Amphion, s'explique par mes larmes:
Vous forcez un aveu que j'ay long-temps caché,
Jugez par cet aveu de ma tendresse extrême:
Que ne peut-il dumoins, puisqu'il m'est arraché,
Vous rendre heureux autant que je vous aime !

AMPHION.

Vous m'aimez ; mon fort eſt trop beau ;
Qu'importe déſormais que la Parque ennemie
M'entraîne à chaque pas dans un malheur nouveau !
Que ſa main de mes jours éteigne le flambeau,
L'aveu que je reçois m'eſt plus cher que la vie.

NIOBE.

Déja l'Aſtre du monde éclaire ces Deſerts ;
Dans ces lieux écartez on pourroit nous ſurprendre ;
Auprès du Roy je vais tout entreprendre,
Adieu ; ſauvez vos jours, ſi les miens vous ſont chers.

****

SCENE III.

AMPHION, Troupes de Thébains & de
Sauvages qu'on ne voit pas.

AMPHION.

Niobe répond à ma flâme,
Je goûte un ſort digne des Dieux :
Naiſſez des tranſports de mon ame,
Naiſſez, Accords harmonieux.

Des Ondes & des Vents, enchaînez le murmure ;
Au fond de leur Caverne obſcure
Endormez les Monſtres cruels :
Forcez les Elements, étonnez la Nature,
Charmez les Dieux, ſoumettez les Mortels.

Divine.

Divine Paix, rendez ces demeures brillantes:
Et vous à qui mon Art a donné tant de fois
De nouvelles couleurs, de formes differentes,
   Objets inanimez, reconnoissez ma voix.

        On entend un bruit confus.

Rochers, ébranlez-vous, disparoissez Montagnes,
Cessez tristes Forêts, de couvrir ces Campagnes.

Les Rochers & les Forêts disparoissent; on voit naître à leurs places des Bosquets & des Fontaines.

Formez-vous, Murs Thebains, naissez fameux
   Remparts,
     Nouveaux témoins de ma victoire;
Aux siecles à venir transmettez ma memoire;
D'un ennemy barbare effrayez les regards.

Pendant qu'AMPHION chante, de nouveaux murs s'élevent insensiblement autour de la Ville de Thebes.

CHOEUR DES THEBAINS.

  O Dieux, quel favorable azile!
  Quels murs s'élevent sur ces bords!

CHOEUR DES SAUVAGES.

  Ah! nôtre rage est inutile!
Un charme imperieux arrête nos efforts.

F

SCENE IV.

AMPHION, LES THEBAINS.

AMPHION.

Sortez au bruit des Trompettes,
Que vos accents guerriers inspirent la terreur :
De vos sons triomphants remplissez ces retraites,
Enchaînez à jamais la guerre & sa fureur.

Les portes de la Ville de Thebes s'ouvrent ;
Les Thebains en sortent au bruit des Timballes
& des Trompettes.

SCENE Vme. ET DERNIERE.

TANTALE, NIOBE, AMPHION,
Peuples Sauvages, THEBAINS ET THEBAINES.

TANTALE.

Quel pouvoir souverain a suspendu ma rage !
Mortel cheri des Dieux, jouis de ton ouvrage ;
Tu dissipes l'horreur qui regnoit dans ces Bois,
Tu fais naître à nos yeux les fruits & la verdure,
Aux Elements soumis, tes chants donnent des loix,
Les Prodiges de la nature,
Du Ciel en ta faveur, interprétent la voix.

Oublions les malheurs d'une guerre cruelle,
Qu'un nœud sacré nous unisse à jamais,
Je connois ton amour, que ta flâme fidele
Sur les pas de l'Hymen nous rameine la paix.

TANTALE prend la main de NIOBE, & la donne à AMPHION.

AMPHION.

Témoins du nœud charmant qui nous joint l'un à
l'autre,
Peuples, dont ce beau jour va combler les desirs,
Célébrez nôtre flâme, & chantez nos plaisirs,
Vôtre bonheur ajoûte au nôtre.

CHOEUR DES PEUPLES.

Triomphe, heureux Mortel, enchante l'Univers,
Les plus sauvages cœurs te cédent la victoire ;
La guerre à ton aspect rentre au fond des Enfers ;
Nos plaisirs naîtront de ta gloire.

NIOBE.

Vole Amour, regne avec les jeux,
Sois le Dieu le plus cher de ce nouvel empire ;
Lance tes traits, redouble encor les feux
Que ta presence nous inspire.

Mon Amant rend ces lieux dignes de tes plaisirs,
Il les embellit pour ta gloire,
Réponds toujours à ses desirs
Il te doit son bonheur, tu luy dois ta victoire.

Vole Amour, &c.

AMPHION, alternativement avec le Chœur.

Dans nos Bois,
Il n'est plus de mortel sauvage ;
Dieux, recevez l'hommage
De nos cœurs & de nos voix ;

Que vos loix
Eternisent vôtre ouvrage ;
Donnez-nous
L'usage des biens les plus doux.

Quel charme pour nos sens !
Cérès , Pomone , & Flore
Font éclore
Leurs presens.
Ces lieux
Brillent à nos yeux ,
L'Astre du jour sur nos côteaux
Répand des feux nouveaux.

Toute la nature
S'interesse à ce grand jour ;
Dieu d'amour ,
Dans ce séjour
Viens allumer ta flâme la plus pure :
Non , chez d'autres Mortels ,
Tu n'auras pas plus d'Autels :
Lance tes traits ,
Amour , des autres Dieux , surpasse les bienfaits.

Danses DES THEBAINS ET DES SAUVAGES.
UNE THEBAINE , alternativement
avec le CHOEUR.

La Paix revient dans ces aziles ,
Nos beaux jours
Dureront toûjours :
Vivons heureux , vivons tranquiles ,
Les Dieux pour nous
Se declarent tous.

Revien tendre Amour,
Rameine ta Cour,
Rends-nous les desirs,
Rends-nous les plaisirs;

Sans toy, sans tes traits,
Nos biens sont imparfaits:
Viens serrer à jamais
Les nœuds de la Paix.

LES SAUVAGES ET LES THEBAINS
continuent leurs danses.

CHOEURS.

Triomphe, heureux Mortel, enchante l'Univers;
Les plus sauvages cœurs te cédent la victoire
La guerre à ton aspect rentre au fond des Enfers;
Nos plaisirs naîtront de ta gloire.

FIN DE LA TROISIÉME
ET DERNIERE ENTRE'E.

APROBATION.

J'Ay lû par ordre de Monseigneur le Chancelier, *Le Triomphe de l'Harmonie, Ballet Heroïque.* A Paris, le dix-huitiéme Mars mil sept cent trente-sept. **LA SERRE.**